Píobaire Hamelin

Colmán Ó Raghallaigh · Maisithe ag Martin Fagan

Do Hannah agus Lily

Na blianta fada ó shin bhí baile mór sa Ghearmáin darbh ainm Hamelin. I ngleann álainn a bhí sé ar bhruach abhann agus sléibhte móra maorga ar gach aon taobh de.

Le himeacht aimsire d'éirigh muintir Hamelin an-saibhir agus bhí siad sona sásta ar feadh i bhfad. Ó mhaidin go hoíche, bhíodh na sráideanna lán de ghlórtha na bpáistí agus iad ag spraoi agus ag súgradh go gealgháireach.

Ach ansin lá amháin, gan chuireadh gan choinne, tháinig na mílte francach go dtí an baile agus níorbh fhada go raibh an áit ag cur thar maoil leo. Bhí francaigh den uile dhath agus den uile chineál ag teacht agus ag imeacht, de phreab is de léim, agus slad á dhéanamh acu ar bhia agus ar éadach araon.

De lá agus d'oíche bhí an scéal ag dul in olcas.
Ní raibh teach ná both sa bhaile uile nach raibh francaigh
ann agus gan faitíos orthu roimh aon duine.
Tháinig imní agus fearg ar na daoine ansin agus bheartaigh
siad dul ina slua go dtí Halla na Cathrach le himpí ar an
Méara rud éigin a dhéanamh.

Bhí an Méara agus na comhairleoirí baile imithe i bhfolach in Halla na Cathrach le teann faitís agus iad ag cur is ag cúiteamh i rith an ama. Ach le fírinne ní raibh tuairim dá laghad ag aon duine acu céard ba cheart dóibh a dhéanamh.

Bhí daoine éagsúla ag teacht agus ag imeacht le pleananna a chur os comhair an Mhéara… "Cait atá uainn, cúpla scór cat!" arsa duine amháin. Ach bhí na cait go léir marbh. "Céard faoi nimh?" arsa duine eile. "Níl aon mhaith le nimh," a deir an Méara, "itheann siad í mar a bheadh siúcra ann!"

Ag an am céanna, gan fhios don Mhéara agus do mhuintir Hamelin, bhí duine éigin ag druidim leis an mbaile, duine a chuirfeadh casadh nua sa scéal sula i bhfad.

Níorbh fhada gur buaileadh cnag ard láidir ar dhoras an Mhéara. "Cé atá ann?" a deir an Méara ach freagra ní bhfuair sé. Níor chorraigh aon duine ar feadh tamaillín. Ar deireadh d'oscail duine éigin an doras go drogallach neirbhíseach, agus isteach le fear ard caol. Bhí sé gléasta ó bhun go baithis in éadaí ildaite, cleite ina hata aige agus píb fhada chaol ina ghlac.

"Mora daoibh ar maidin, a dhaoine uaisle!" a deir an strainséir de ghlór galánta agus é ag umhlú go maorga os comhair an Mhéara. "Is mise an Píobaire Breac. Rófhada atá muintir an bhaile seo cráite céasta ag na francaigh ghránna sin. Ach ar mhíle flóirín cuirfidh mise deireadh leo!"

Bhí gliondar ar an Méara. "Bíodh sé ina mhargadh," ar seisean. "Tá go maith," a deir an Píobaire, "caithfidh mé sos a thógáil anois óir tá mé tuirseach traochta tar éis mo chuid taistil uile. Ach le breacadh an lae, feicfidh sibh an t-iontas."

Agus d'imigh sé leis chomh sciobtha céanna agus a tháinig sé.

Lá arna mhárach le héirí na gréine, chualathas ceol draíochta píbe ar imeall an bhaile. Bhrostaigh na daoine le breathnú amach agus céard a d'fheicfidís ach an Píobaire breac, é ag imeacht leis trí na sráideanna agus na francaigh á leanúint. As doirse agus fuinneoga, as píobáin agus bairillí, ina gcéadta agus ina mílte a tháinig siad, ag rith agus ag léim i ndiaidh an phíobaire go dtí gur shroich siad bruach na habhann.

Stop ná stad ní dhearna an Píobaire ach caol díreach isteach san abhainn leis agus na francaigh fós ina dhiaidh. Sheas sé ansin i lár na habhann agus é fós ag casadh ar a dhícheall. Faoi dheireadh ní raibh oiread agus francach amháin nach raibh scuabtha le sruth nó imithe go tóin poill.

Díreach ag meán lae shiúil an Píobaire isteach go Halla na Cathrach chun a luach saothair a iarraidh ar an Méara agus a chuid comhairleoirí.

"Míle flóirín a gheall sibh dom, mura bhfuil dul amú orm!" a deir an Píobaire. Ach pingin rua ní thabharfaidís dó ach iad ag magadh agus ag fónóid faoi.

"Míle flóirín?" a d'fhreagair an Méara go dána. "Bíodh ciall agat, a rógaire. Nach bhfuil deireadh leis na francaigh anois? Tabharfaidh muid caoga duit agus bí ag imeacht!"

Tháinig racht feirge ar an bPíobaire "A bhréagadóir ghránna!" ar seisean agus é ag bagairt ar an Méara lena phíb fhada chaol, "beidh brón ort go ndearna tú feall ormsa!" Thiontaigh sé ansin agus amach leis. Bhí imní ar chuid de na comhairleoirí ach ba chuma leis an Méara.

"Cén dochar," ar seisean, "nach bhfuil na francaigh glanta agus míle flóirín sábháilte againn?

Bímis sásta le hobair an lae!"

An oíche sin, don chéad uair le fada, bhí codladh mór sámh ag muintir Hamelin. Agus nuair a thosaigh ceol draíochta píbe ar imeall an bhaile arís an mhaidin dár gcionn ba iad na páistí amháin a chuala é. Amach as a dtithe leo ina nduine agus ina nduine agus iad faoi dhraíocht ag ceol mealltach an phíobaire.

Agus siúd arís trí na sráideanna leis an bPíobaire breac, ach an babhta seo ba iad páistí beaga Hamelin a bhí á leanúint. Agus ní i dtreo na habhann a d'imigh an Píobaire ach caol díreach i dtreo na sléibhte. Bhí buachaill beag bacach amháin i gcúl an tslua agus é ar a dhícheall ag iarraidh coinneáil suas lena chairde.

"Fanaigí! Fanaigí!" a d'impigh sé orthu ach aird ar bith níor thug siad air. Dé réir a chéile bhí an buachaill beag ag titim siar agus níorbh fhada gur imigh a chairde as radharc ar fad.

Chomh luath agus a shroich siad bun an tsléibhe lig an Píobaire scairt as.

D'oscail doras mór os a gcomhair agus chonaic siad pluais mhór taobh istigh. Isteach leo go sona sásta i ndiaidh an phíobaire agus dhún an doras ina ndiaidh.

An buachaillín beag bacach amháin a chonaic an méid a tharla, ach ní raibh aon neart aige air ach imeacht abhaile agus na deora lena shúile.

Bhí muintir Hamelin cráite croíbhriste nuair a chuala siad an rud a bhí tarlaithe dá bpaistí. Chaith siad na blianta fada á gcuardach ach ba obair in aisce é. Thaistil siad soir, siar, thuaidh agus theas. Thriail siad gach aon ní a bhí ar a gcumas ach tásc ná tuairisc ní bhfuair siad riamh orthu.

D'imeodh na blianta fada sula mbeadh páistí óga le cloisteáil arís ar shráideanna Hamelin – ach d'fhanfadh ceacht crua an phíobaire ina gcroí go deo.